A Francesca, que ve brillar el mundo
a través de las piedrecitas.
B. A.

Gracias a Tiberio, que me inspiró
este libro, y Veronica, Manu, Béatrice, Pata,
John B., Claudia y Sandro.
B. A.

Título original: *Un grand jour de rien*
© 2016, Albin Michel Jeunesse
22, rue Huyghens, 75014 Paris
Publicado por acuerdo con Isabelle Torrubia Agencia Literaria
Texto e ilustraciones de Beatrice Alemagna
© 2016, Bel Olid por la traducción
© 2016, de esta edición, Combel Editorial, SA
Casp, 79. 08013 Barcelona · Tel.: 902 107 007
Primera edición: septiembre de 2016
ISBN: 978-84-9101-174-3
Depósito legal: B-15246-2016
Impreso en China por Toppan

Beatrice Alemagna

UN GRAN DÍA
DE NADA

Traducción de Bel Olid

COMBEL

Estábamos allí.
Era la segunda vez.
Mi madre y yo en la misma casa
de vacaciones.
El mismo bosque. Y la misma lluvia.

Todos los días mi madre
escribía en silencio mientras
yo mataba marcianos.
Para ser exactos, me pasaba
las horas apretando un botón
y pensando en mi padre, en todo
lo que me habría enseñado, fuera,
con su sonrisa maravillada.

Como siempre, mi madre gruñó:
—¡Deja ya el juego ese! ¿Otra vez te vas a pasar el día sin hacer nada?
Sí, exacto. No quería hacer nada. Nada más que matar marcianos.

Como siempre, me quitó
la maquinita de las manos.

Como siempre, la recuperé
a escondidas.
Y luego salí.

Al abrir la puerta, sentí que todo el aburrimiento del mundo
se había dado cita en mi jardín.
Bajo la lluvia.
Agarré con fuerza la consola.

Los pies llenos de barro, las gafas mojadas. Me metí la máquina en el bolsillo para que no se mojase. Me chorreaba la lluvia por el cuello.

Bajé la colina.

Al fondo del camino vi un estanque lleno de rocas.
Eran redondas como las cabezas de los marcianos y
quise aplastarlas saltando encima.
Y de repente...
... se me cayó el juego al agua.

¡No, no, no y no! ¡Qué horrible tragedia!
¡Qué tonto!
Rápidamente intenté volver a pescar la máquina y metí la mano
en el agua helada. Me quedé sin respiración.

¿Qué haría ahora sin el juego?
Las gotas me golpeaban en la espalda como piedras.
Era un árbol perdido en medio de la tormenta.

En ese momento aparecieron entre el temporal.
Cuatro caracoles gigantes bajo la lluvia.
—¿Por aquí hay algo que ver? —les pregunté,
abatido.
—Claro —respondieron. Me atreví a tocarles las
antenas: blandas como la gelatina.

Así que tomé un sendero.
Había un montón de setas
venenosas que me recordaron un
olor: el de la bodega de mi abuelo
donde, de pequeño, buscaba cosas
preciosas. Lo había olvidado...

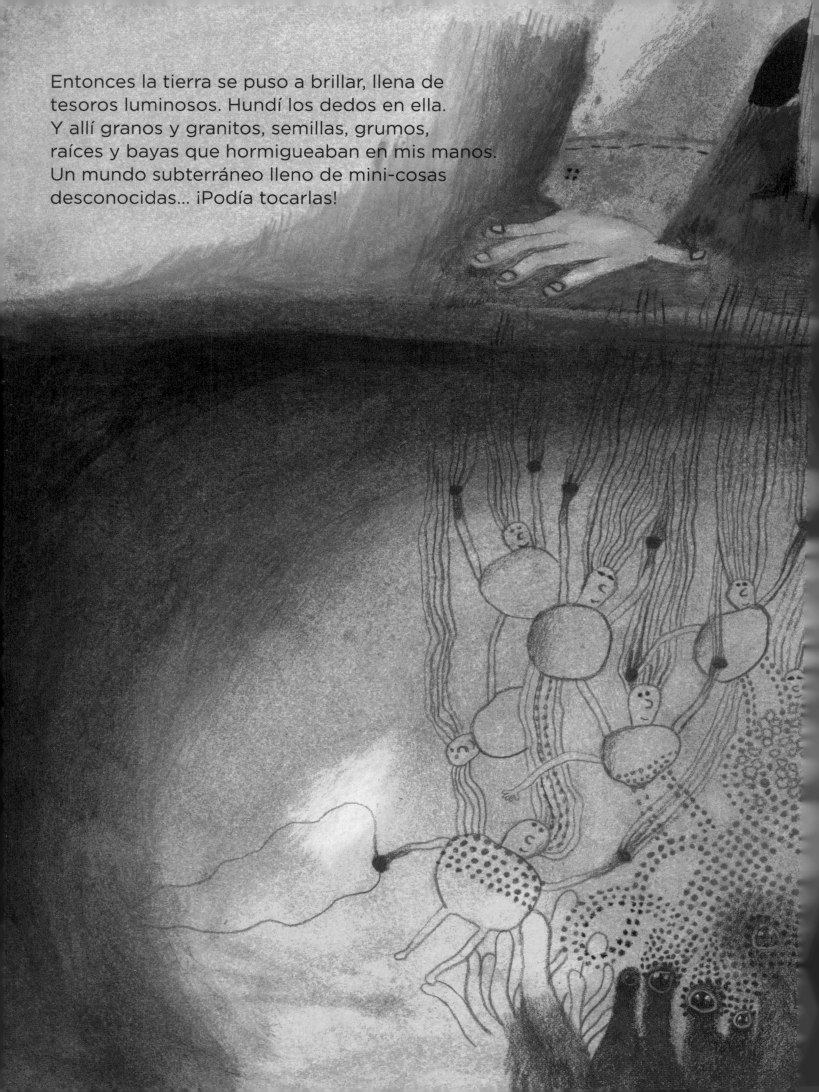

Entonces la tierra se puso a brillar, llena de
tesoros luminosos. Hundí los dedos en ella.
Y allí granos y granitos, semillas, grumos,
raíces y bayas que hormigueaban en mis manos.
Un mundo subterráneo lleno de mini-cosas
desconocidas... ¡Podía tocarlas!

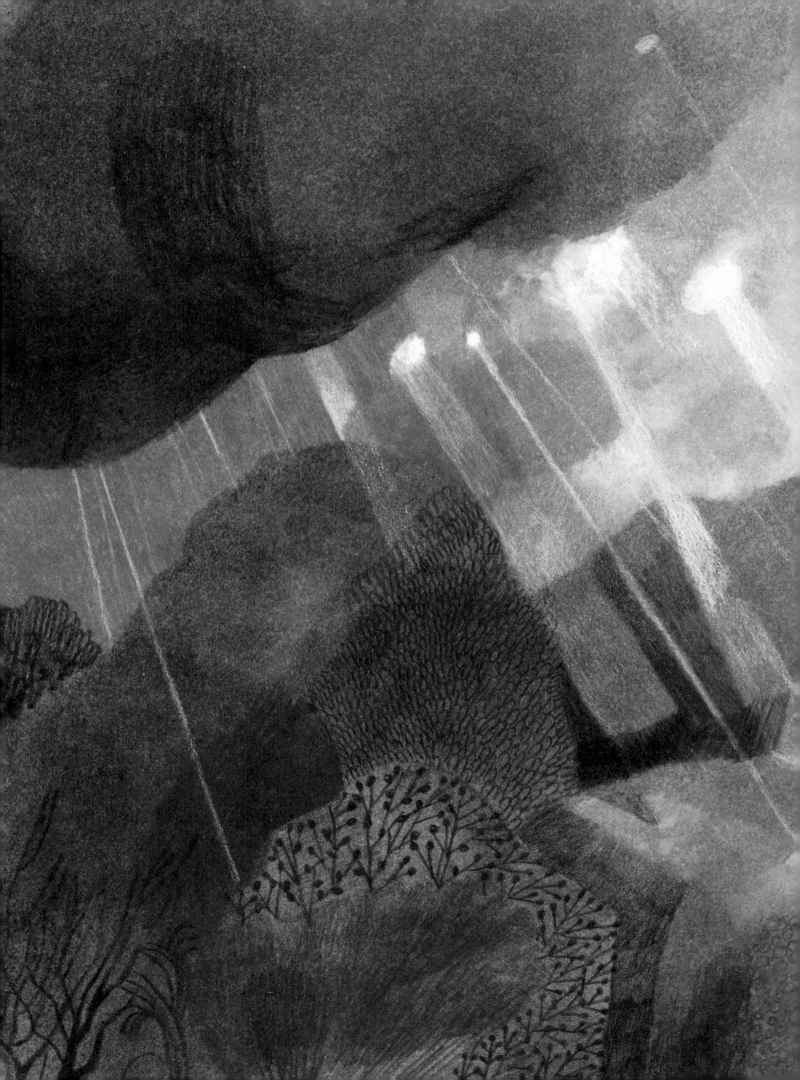

Algo me deslumbró. Eran los rayos del sol, que caían ahora en picado, como si fueran un pasillo gigante.
Me pareció oír tambores a lo lejos, pero era solamente mi corazón.

Me puse a correr muy rápido.
Tan rápido que me caí.

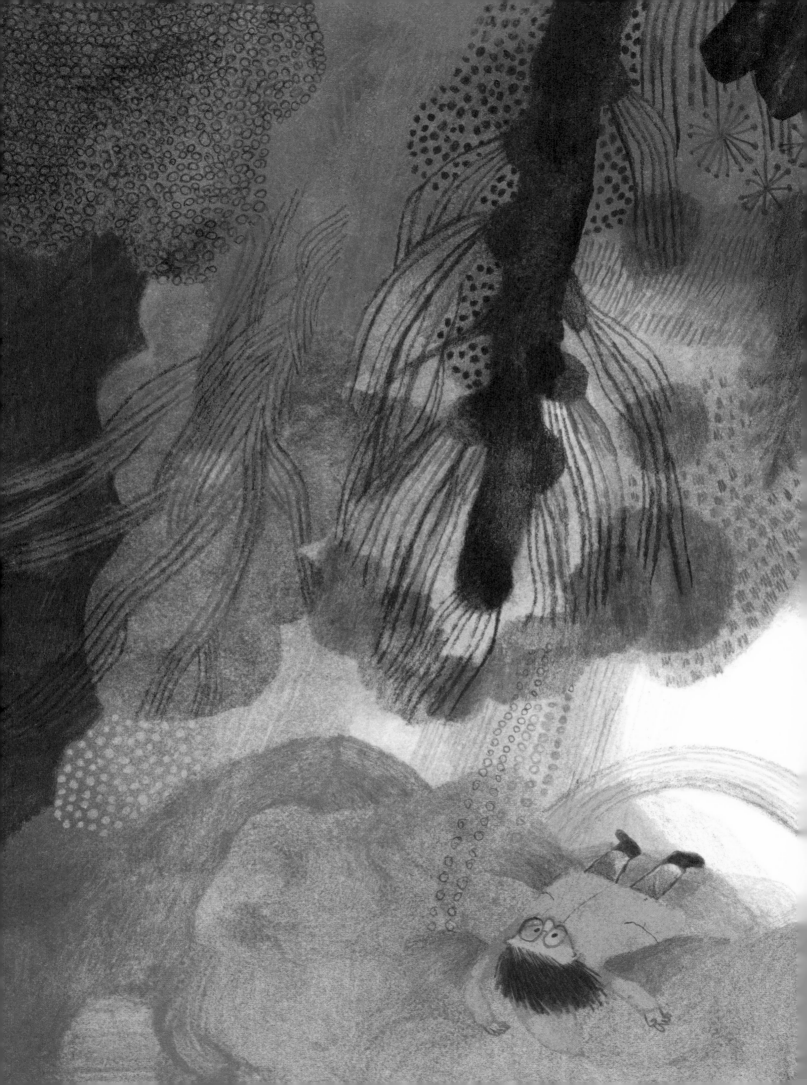

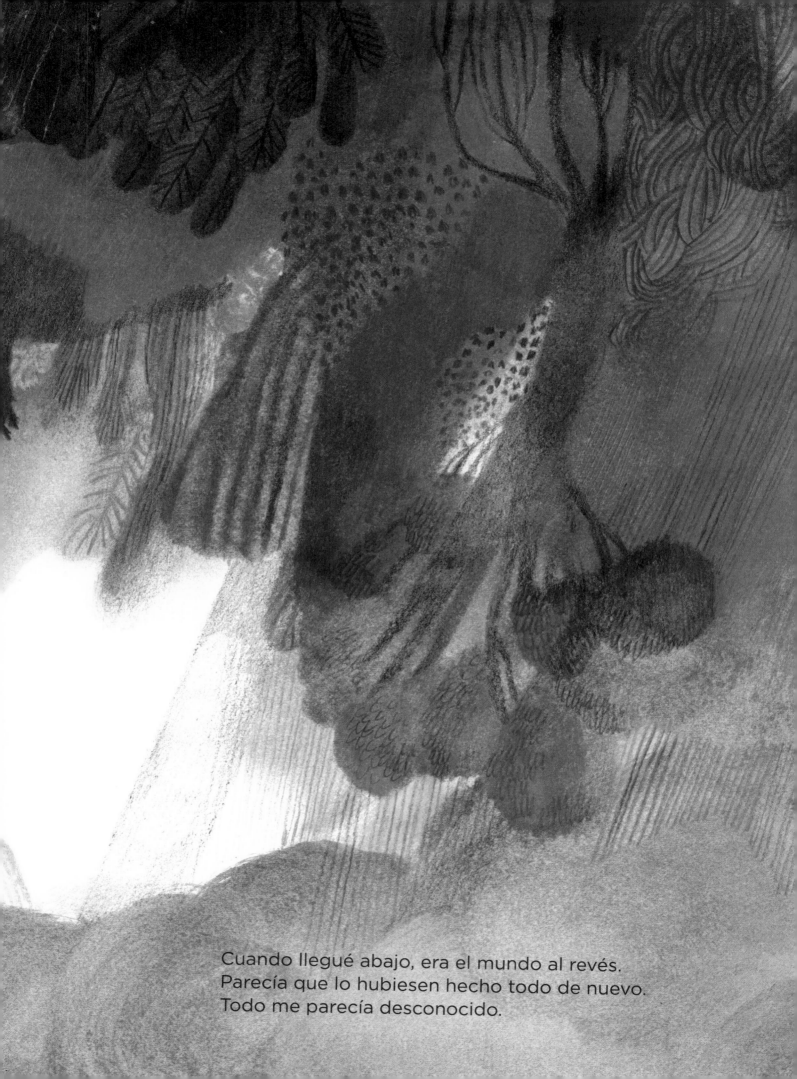

Cuando llegué abajo, era el mundo al revés.
Parecía que lo hubiesen hecho todo de nuevo.
Todo me parecía desconocido.

Entonces, decidí trepar a un árbol
y mirar a lo lejos,

respirar el aire e hinchar
los pulmones,

beberme la lluvia
como un animal,

observar los insectos desconocidos,

hablar con un pájaro,

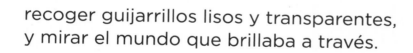

chapotear en un charco
y salpicarlo todo,

recoger guijarrillos lisos y transparentes,
y mirar el mundo que brillaba a través.

¿Por qué no lo había hecho
nunca?

Entré en casa calado hasta los huesos, me quité la ropa rápidamente y fui corriendo hasta el espejo.

Ohhhhh... vi a mi padre y su sonrisa maravillada.

Mi madre seguía escribiendo. Por primera vez escuchábamos el mismo silencio.

—¡Anda! ¡Vas más negro que un tizón!
¡Ven a secarte!

Agarró una toalla y me llevó a la
cocina.

En ese momento me dieron ganas de abrazarla
fuerte, de contarle lo que había visto, sentido,
saboreado, aprendido fuera.

Pero simplemente nos miramos.
Nos miramos y respiramos el olor
del chocolate caliente.
Nada más.

En ese día mágico, increíble. En
ese gran día de nada.

Fin